Kate DiCamillo

Mercy Watson

piensa como cerda

Ilustraciones de Chris Van Dusen

Traducido por Marcela Brovelli

LECTORUM
PUBLICATIONS, INC.
LYNDHURST, NEW JERSEY

WITHDRAWN

MERCY WATSON PIENSA COMO CERDA

Spanish edition copyright © 2019 by Lectorum Publications, Inc.

First published in English under the title MERCY WATSON THINKS LIKE A PIG

Text copyright © 2008 by Kate DiCamillo

Illustrations copyright © 2008 by Chris Van Dusen

Originally published by Candlewick Press

Published by arrangement with Pippin Properties, Inc.
through Rights People, London.

Illustrations published by arrangement with
Walker Books Limited, London SE11 5HJ.

All rights reserved. No part of this book may be reproduced, transmitted, or
stored in an information retrieval system in any form or by any means, graphic,
electronic or mechanical, including photocopying, taping, and recording,
without prior written permission from the publisher.

Library of Congress Cataloging-in-Publication Data

Names: DiCamillo, Kate, author. | Van Dusen, Chris, illustrator. | Brovelli,
Marcela, translator. Title: Mercy Watson piensa como cerda / Kate DiCamillo
; ilustraciones de Chris Van Dusen ; traducción de Marcela Brovelli. Other
titles: Mercy Watson thinks like a pig. Spanish Description: Spanish edition.
| Lyndhurst, New Jersey : Lectorum Publications, Inc., [2019] | Series: Mercy
Watson ; [book 5] | Originally published in English by Candlewick Press in 2008
under title: Mercy Watson thinks like a pig. | Summary: After Mercy Watson
follows the delightful scent and delicious taste of the pansies her thoughtful
neighbors plant to beautify their yard, animal control officer Francine Poulet
is called out to handle the case, which brings unexpected results. Identifiers:
LCCN 2019031181 | ISBN 9781632457363 (paperback) Subjects: CYAC: Pigs-
-Fiction. | Flowers--Fiction. | Humorous stories. | Spanish language materials.
Classification: LCC PZ73 .D5367 2019 | DDC [Fic]--dc23

For information regarding permission, write to Lectorum Publications, Inc.,

205 Chubb Avenue, Lyndhurst, NJ 07071

ISBN 978-1-63245-736-3

Printed in Malaysia

10 9 8 7 6 5 4 3 2 1

*Para Chris Van Dusen, quien
mejor sabe pensar como los cerdos.*

K. D.

Para Carolyn, la hermana que nunca tuve.

C. V.

Capítulo
1

El Sr. Watson y la Sra. Watson tienen una cerda llamada Mercy.

El Sr. Watson, la Sra. Watson y Mercy viven en el número 54 de la avenida Deckawoo.

Un día, el Sr. Watson, la Sra. Watson y Mercy estaban sentados en el patio.

Los tres estaban tomando limonada.

—Sra. Watson, esta limonada está muy ácida. Me hace fruncir los labios —dijo el Sr. Watson.

—Le puse demasiado limón —dijo la Sra. Watson.

—Ahora entiendo —dijo el Sr. Watson.

Mercy bebió unos sorbos de limonada de su plato.

—Qué día tan bonito, ¿no? —dijo
la Sra. Watson.

—Hermoso —dijo el Sr. Watson.

Mercy resopló.

Capítulo
2

En la casa de al lado de los Watson, Beba Lincoln y Eugenia Lincoln estaban en el jardín.

—Beba —dijo Eugenia—. Vivimos al lado de una cerda.

—Sí, hermana —dijo Beba —. Así es.

—Bueno, pero eso no impedirá que tengamos una vida primorosa —dijo Eugenia.

—Si tú lo dices… —dijo Beba.

Eugenia le dio una pala a su hermana.

—¿Para qué me das esto? —dijo Beba.

—Embelleceremos nuestro jardín —dijo Eugenia—. Vamos a plantar flores. Tú, Beba, cavarás y yo, Eugenia, plantaré.

—Sí, hermana —dijo Beba.

—Tendremos una vida primorosa, aunque tengamos que morir en el intento —dijo Eugenia Lincoln.

—Sí, hermana.

Beba resopló.

Y empezó a cavar.

Capítulo
3

En el patio de los Watson, Mercy alzó la cabeza.

Y olfateó el aire.

De la casa de al lado, venía un aroma delicioso.

Mercy se acercó al seto y metió el hocico.

Desde allí, podía ver el jardín de las hermanas Lincoln.

Ella vio a Eugenia Lincoln poner flores en la tierra.

¿Qué estaba sucediendo allí?

Mercy esperó a que Eugenia desapareciera.

Mercy atravesó el seto y se metió en el jardín de las hermanas Lincoln.

Se puso a olfatear las flores que Eugenia había plantado.

Tenían un aroma delicioso.

Mercy le dio un mordisco a una.

Era deliciosa.

Después de comerse la flor, Mercy
alzó la cabeza y vio otra más.
También se la comió.

Mercy eructó.

Y pasó a la tercera flor.

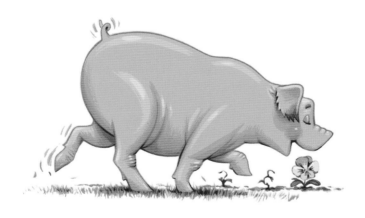

Capítulo
4

Del otro lado del jardín, Eugenia plantó las últimas flores.

—Listo —dijo—. ¡Ha quedado espectacular! ¿No es cierto?

—Sí —dijo Beba.

—Iré al frente para ver todo desde allí —dijo Eugenia.

Pero no había nada que admirar.

—¡BEBA! —gritó Eugenia.

—¿Sí, hermana? —dijo Beba.

—¿Qué ha pasado con las flores?
—gritó Eugenia.

—Oh, cielos —dijo Beba —. Estaban
aquí hace un minuto.

Mercy apareció en la esquina del jardín.

Tenía brotes de flores en las patas.

Tenía pétalos en la barbilla.

—¡CERDA! —gritó Eugenia—.

¡Cerda, cerda, cerda!

Eugenia salió corriendo detrás
de Mercy.

Mercy escapó de Eugenia
Lincoln a toda velocidad.

Capítulo
5

Mientras tanto, en su patio, los Watson se preguntaban dónde estaría Mercy.

—¡Hace un minuto estaba aquí! —dijo la Sra. Watson.

—No puede haber ido muy lejos —dijo el Sr. Watson.

El Sr. y la Sra. Watson fueron a buscar a Mercy.

—¡Oh, allí está! —dijo la Sra. Watson—.
Mira, está jugando con Eugenia.
Se las ve tan felices.

—No creo que mi hermana esté jugando —dijo Beba—. Y tampoco creo que esté muy feliz.

—Ah, ¿no? —dijo la Sra. Watson.

—No, no lo está —dijo Beba—. Mercy se comió todas las flores de Eugenia.

—Debe de tener hambre —dijo la Sra. Watson—. ¡Mercy! ¡Ven a comer tostadas con mucha mantequilla!

Mercy corrió hacia su casa.

A toda velocidad.

Ella adoraba las tostadas.

Le encantaban, en especial, con mucha, mucha mantequilla.

Capítulo
6

Beba Lincoln tenía razón.

Eugenia Lincoln no estaba feliz.

—Ya basta —dijo—. Esto ha ido demasiado lejos.

—Oh, querida —dijo Beba.

—Llegó el momento de tomar medidas extremas —dijo Eugenia Lincoln.

—¿Medidas extremas? —dijo Beba.

—Llamaré a Control de Animales
—dijo Eugenia.

—Oh, hermana, no —dijo Beba.

—Oh, hermana, sí —dijo Eugenia.

Agarró la guía de teléfonos.

Recorrió la hoja con el dedo.

—Por favor, hermana… —dijo Beba.

Eugenia clavó el dedo en uno de los números.

—Aquí está —dijo.

—Oh, hermana, por favor, piensa en lo que vas a hacer —dijo Beba.

—Sé perfectamente lo que haré —dijo Eugenia—. Le diré adiós a esa cerda.

Capítulo
7

En el Centro de Control de Animales, sonó el teléfono.

La oficial Francine Poulet contestó la llamada.

—¿En qué puedo ayudarle? —dijo ella.

—Hola —dijo una voz, del otro lado de la línea—, llamo para reportar a un animal que está completamente descontrolado.

—¿Se trata de un perro con rabia? —dijo Francine.

—Bueno, no —dijo la voz.

—¿Un gato callejero?

—No, claro que no —dijo la voz.

—¿Se le metió un mapache
en la basura?

—No.

—¿Una ardilla en la chimenea?

—No, no.

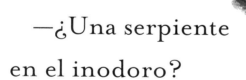

—¿Una serpiente
en el inodoro?

—¡¿Perdón?! ¡¿Cómo dijo?!

—Déjeme pensar… —dijo Francine Poulet—. No se trata de un perro ni de un gato. Tampoco de un mapache ni de una ardilla. Y, mucho menos de una serpiente. ¿Qué podría ser? Espere un minuto. ¿No será una mofeta, verdad?

—¡Se trata de una **cerda**!

—¿Una cerda?

—¡Una cerda!

—Deme la dirección —dijo Francine Poulet.

—Número 54 de la avenida Deckawoo —dijo la voz.

Capítulo
8

En el número 54 de la avenida Deckawoo, Mercy dormía la siesta en el sofá.

Roncaba plácidamente.

—Qué tarde tan pacífica —dijo la Sra. Watson.

—Así es —dijo el Sr. Watson.

Toc, toc, toc.

—Alguien llama a la puerta de atrás —dijo la Sra. Watson.

—Yo atenderé —dijo el Sr. Watson, mientras iba hacia la cocina.

—Adelante, Beba —dijo él.

—No puedo —dijo ella—. Algo terrible va a pasar.

—¿Cómo dice? —dijo el Sr. Watson.

—Sí, un horror espantoso.

—¿Habla en serio?

—Ay, Sr. Watson —dijo Beba
Lincoln—, tiene que protegerla.

—¿Protegerla? —dijo el Sr. Watson—.
¿A quién?

Beba se echó en los brazos de su
vecino y se puso a llorar.

—Ya, ya —dijo el Sr. Watson.

La Sra. Watson entró en la cocina.

—¿Qué sucede? —preguntó.

—Parece que se avecina un Horror
Espantoso —dijo el Sr. Watson.

—Oh, querido —dijo la Sra. Watson—.

Siempre le he tenido miedo a los Horrores Espantosos. ¿Qué haremos ahora?

—Tranquila, tranquila —dijo el Sr. Watson—. Seguro que encontraremos una solución.

Capítulo
9

Mercy aún seguía en el sofá de la sala.

TOC, TOC, TOC...

Ella abrió un ojo.

TOC, TOC, TOC...

Y abrió el otro ojo.

La puerta principal de la casa de los Watson se abrió.

—Mercy —dijo Stella—. Vinimos a invitarte a tomar el té.

Mercy bostezó.

—No creo que esté interesada —dijo Frank.

—Habrá grandes pedazos de pastel, dulces de crema y tostadas de queso —dijo Stella.

Mercy se sentó.

En realidad, sí estaba interesada.

—También habrá tiramisú, panqueques y enchiladas —dijo Stella.

Mercy estaba muy interesada.

—Pero, si vienes a tomar el té, tendrás que usar sombrero —dijo Stella—. Eso es lo que se usa en estas reuniones.

Mercy pensó en sombreros.

Pensó en comida.

Se bajó del sofá.

Siguió a Frank y a Stella hacia la puerta.

Capítulo
10

La oficial Francine Poulet iba
en camino hacia el número 54 de la
avenida Deckawoo.

—Francine —se dijo—, en toda
tu carrera jamás tuviste que lidiar con
una cerda. Esta puede ser una gran
oportunidad para ascender.

En la esquina de Creek y Windingo,
Francine divisó a un perro.

Detuvo el camión.

—Hola, pequeño —dijo Francine
Poulet—. ¿Estás perdido?

—Arf —dijo el perro.

—Tal como lo suponía —dijo Francine—.
No tienes placa de identificación. ¡Sube!

En la calle Merkle, un golden retriever pasó frente al camión de Control de Animales de Francine Poulet.

—Ay, no —dijo Francine Poulet—. ¡Perro tonto!

Francine se detuvo.

Se bajó del camión.

—¡Vamos, apúrate! —le dijo Francine Poulet al golden retriever.

El golden retriever subió al vehículo.

—Francine —dijo Francine Poulet—, eres la mejor oficial de Control de Animales de la historia. Nada te detendrá. ¡Ni siquiera una cerda!

Capítulo
11

Cuando Francine Poulet llegó a la avenida Deckawoo, su camión estaba lleno de perros.

—Para atrapar a una cerda, sólo debo pensar como una cerda —dijo Francine.

En la parte trasera del camión, los perros aullaban.

—Piensa como cerda, piensa como cerda —se repetía Francine Poulet.

Ella vio a un hombre y a una mujer que corrían calle abajo.

—Disculpen —dijo Francine—, ¿han visto a una cerda?

—La hemos perdido —dijo la mujer.

—¿A quién perdieron? —dijo Francine.

—A Mercy —dijo el hombre—. A nuestro tesoro, nuestra dulzura. Ella corre un grave peligro.

—Se aproxima un Horror
Espantoso —dijo la mujer.

—¿Un Horror Espantoso? —dijo
Francine Poulet.

—¡Exacto! —dijo el hombre.

—Bueno, muchas gracias —dijo la
oficial.

Y cerró la ventanilla.

—No se puede hablar con nadie aquí,
Francine —dijo Francine Poulet—. Los
que viven acá están todos locos.

Los perros del camión ladraban y
aullaban.

—Lo sé, lo sé —les dijo Francine—.
Ahora, piensa como una cerda.

Capítulo
12

Mercy tenía puesto un sombrero.

Observaba a Stella que le servía té imaginario.

Observaba a Stella que cortaba un pastel imaginario.

Mercy no se estaba divirtiendo.

¿Dónde estaban las enchiladas y los
dulces de crema?

El estómago de Mercy rugía.
¿Dónde estaban los panqueques
y el tiramisú?

—¿Quieres algo más? —dijo Stella.

"¿Algo más de qué?", se preguntó Mercy. Y resopló.

—Qué agradable reunión —dijo Stella.

—Me parece que Mercy no está contenta —dijo Frank.

—Todos siempre están contentos cuando se reúnen a tomar el té —dijo Stella.

—Yo no estoy contento —dijo Frank—. Tengo hambre. Además, con este sombrero me veo ridículo.

—Por favor, coman más pastel —dijo Stella.

Capítulo
13

La oficial Francine Poulet se puso a explorar la parte trasera de las casas de la avenida Deckawoo.

Saltó por encima de los setos.

Se deslizó por entre las flores.

Pensó como cerdo.

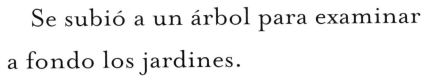

Se subió a un árbol para examinar
a fondo los jardines.

Vio a tres personas con sombreros.

Vio a tres personas sentadas a la
mesa, tomando el té.

—¡Qué bonito! —dijo Francine
Poulet—. ¡Qué agradable reunión!

Francine se acercó para ver mejor.

—Un momento —dijo—, uno de
ellos no es una persona. Es un cerdo.
Francine, encontraste a la cerda
perdida. Eres la mejor oficial de
Control de Animales del mundo.
Y, ahora, debes capturar a esa cerda.
A la cuenta de tres. Uno, dos...

Francine Poulet cerró los ojos.

Y saltó del árbol.

¡TREEEESSSS!

61

Capítulo
14

Mercy decidió que ya había comido suficiente de absolutamente nada.

Se puso de pie.

Iba para su casa.

Pero, de golpe, se oyó un grito agudo.

Una mujer cayó del cielo y aterrizó con la cabeza sobre la mesa.

Stella gritó.

Frank gritó
más fuerte.

Y Mercy gritó
más fuerte
que los dos.

A una calle de distancia, el Sr. Watson le dijo a la Sra. Watson:

—¿Oíste eso?

—Es nuestro tesoro —dijo la Sra. Watson—. Nuestra querida está en problemas.

El Sr. y la Sra. Watson salieron corriendo.

Capítulo
15

La oficial Francine Poulet rodó por la mesa hasta caer.

Rodeó a Mercy con sus brazos.

"Piensa… como… un… cerdo", dijo Francine.

El Sr. y la Sra. Watson entraron corriendo al jardín trasero.

—¡La encontró! —dijo la Sra. Watson.

—¡Usted es nuestra heroína! —dijo el Sr. Watson.

—¡Aterrizó sobre su cabeza, señora!
—dijo Frank.

—Me siento un poco mareada —dijo
Francine.

—Quizá es sólo hambre —dijo la Sra.
Watson—. Tal vez necesita unas tostadas.

—¿Tostadas? —dijo Francine.

"Tostadas", pensó Mercy.

—Estos perros también se ven
hambrientos —dijo la Sra. Watson—.
¿Quieren tostadas, muchachos?

—Me pregunto si será una buena idea —dijo Francine Poulet, mientras hacía bajar a los perros del camión.

—Es una idea maravillosa —dijo la Sra. Watson—. Stella, ve a la casa de al lado e invita a Eugenia y a Beba a nuestro pequeño festejo.

—Diles que es en honor a…
—La Sra. Watson miró a Francine—. ¿Cuál es tu nombre, querida?

—Soy la oficial de Control de Animales, Francine Poulet —dijo Francine—. Y he estado tratando de pensar como un cerdo.

—Bueno —dijo el Sr. Watson—, no cualquiera puede pensar como un cerdo y no cualquiera puede ser una verdadera maravilla porcina.

—Tiene razón —dijo Francine.

—Sigue intentándolo, querida
—dijo la Sra. Watson—. Mientras tanto,
¡vamos todos a comer tostadas!

🍞 Kate DiCamillo, autora reconocida en todo el mundo, ha escrito numerosos libros, entre ellos: *Despereaux* y *Flora y Ulises*, ambos ganadores de la Medalla Newbery. También es la creadora de los seis cuentos acerca de Mercy Watson y de Tales from Deckawoo Drive, una serie inspirada en los vecinos de Mercy. Palabras de la autora: "Si en este libro hay alguien que se lleva todos los créditos haciendo reír al lector con las proezas de Mercy Watson y la oficial de Control de Animales, Francine Poulet, ése es el genial Chris Van Dusen. Escribir las historias de Mercy, imaginar a la gente extravagante que la acompaña en ellas y, luego, simplemente, contemplar a Chris darles vida tan divertida y gloriosamente a todos los personajes, debe de ser el mejor trabajo del mundo". Kate DiCamillo vive en Minnesota.

🍞 Chris Van Dusen es el autor e ilustrador de *The Circus Ship*, *Randy Riley's Really Big Hit*, *Hattie & Hudson* y *King Hugo's Huge Ego*. También ilustró *President Taft Is Stuck in the Bath*, de Mac Barnett, los seis volúmenes de Mercy Watson y la serie sobre los vecinos de Mercy, Tales from Deckawoo Drive. Palabras del ilustrador: "En cada libro, Kate integra a un personaje nuevo. En este, conocimos a la grandiosa Francine Poulet. Mi trabajo consiste en desarrollar a cada personaje desde lo visual, comenzando por buscar ideas en el nombre de cada uno de ellos. En este caso, Francine Poulet TENÍA que parecerse a un pollo. Nunca había dibujado a alguien con su nariz, ¡pero cómo iba a dibujar a un pollo sin hacerle un pico!". Chris Van Dusen vive en Maine.

No te pierdas los seis libros
de MERCY WATSON

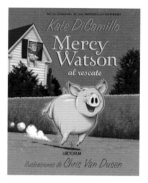

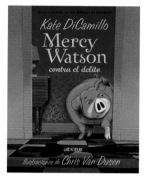

 Mercy Watson
al rescate

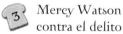 Mercy Watson
va de paseo

Mercy Watson
contra el delito

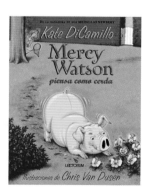

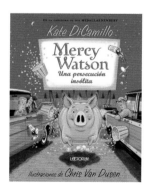

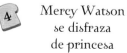 Mercy Watson
se disfraza
de princesa

Mercy Watson
piensa como cerda

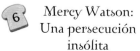 Mercy Watson:
Una persecución
insólita

31901065955942